Camila

María Paula Bolaños

BABEL

Bolaños, María Paula
    Camila / historia e ilustraciones María Paula
Bolaños. --
Bogotá : Babel Libros, 2006.
    32 p. : il. ; 20 cm.
    ISBN 958-97602-7-9
    1. Cuentos infantiles colombianos
2. Relaciones familiares - Cuentos infantiles
3. Libros ilustrados para niños 4. Animales -
Cuentos infantiles II. Tít.
I863.6 cd 19 ed.
A1078097

    CEP-Banco de la República-Biblioteca Luis Angel Arango

1ª edición abril de 2006

ISBN: 958-97602-7-9

Babel Libros
Calle 39 A 20-55, La Soledad
Bogotá D.C. Colombia
Pbx 2458495
babellibros@cable.net.co

Edición: María Osorio

Escáner Sandra Ospina
Impreso en Colombia
por Panamericana Formas e Impresos S.A.

A mi abuelita y a mi tía
que me iniciaron en
el cuento de los hilos, y
a Dios gracias, por todo
y por ellas.

En la esquina de la cuadra del edificio donde vive Camila hay una casa que pertenece a los gatos. Aquellos animales la cuidan con recelo... Llenan el aire con ese olor a pescado frío y comido y, en ocasiones, lanzan agudos maullidos a modo de advertencia.

A Camila no le gusta pasar por esa esquina: un gato podría
atacarla... Aunque siente una gran curiosidad por saber qué hacen
allí acurrucados todo el día.

Hoy no puede dejar de pensar en el más negro de aquellos gatos. Su mirada es intensa y oscura. Y, para colmo de males, su madre estará toda la tarde en la oficina. No le gusta la idea de quedarse sola y menos aún con ese gato tan cerca.

El frío le llega hasta los huesos. Camila quiere un abrigo propio
como el que tiene aquel gato, así podría acurrucarse y calentarse.

Un gato no está solo. Está con otros gatos o con su amo.
Su única preocupación es dormir todo el día.

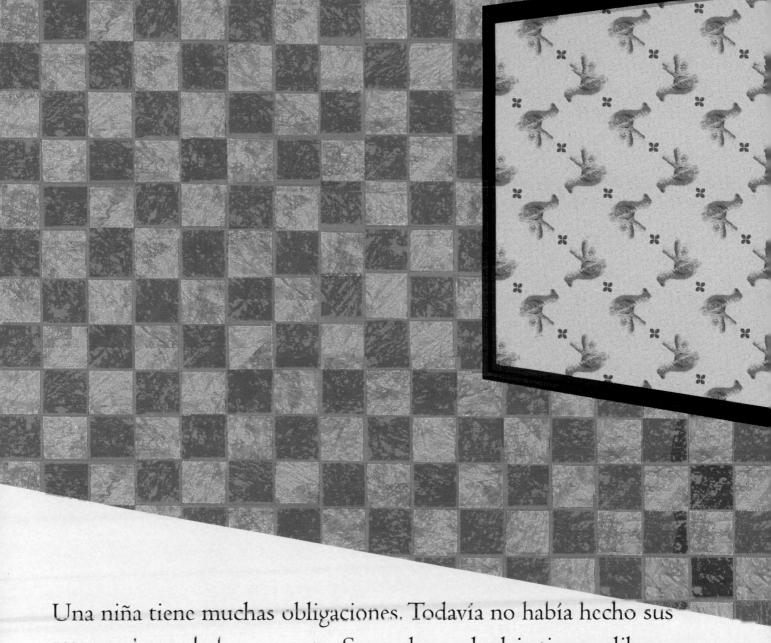

Una niña tiene muchas obligaciones. Todavía no había hecho sus tareas, ni arreglado su cuarto. Su madre no le deja tiempo libre... Como si no supiese qué hacer con ella.

En cambio, de un gato no hay que ocuparse mucho, ni comprarle ropa, ni zapatos, ni libros, ni nada.

Los gatos son libres de andar por donde quieren. No como los perros que tienen que estar al pie de sus dueños, ni como los pájaros que se la pasan asustados todo el tiempo, volando de un lado para otro.

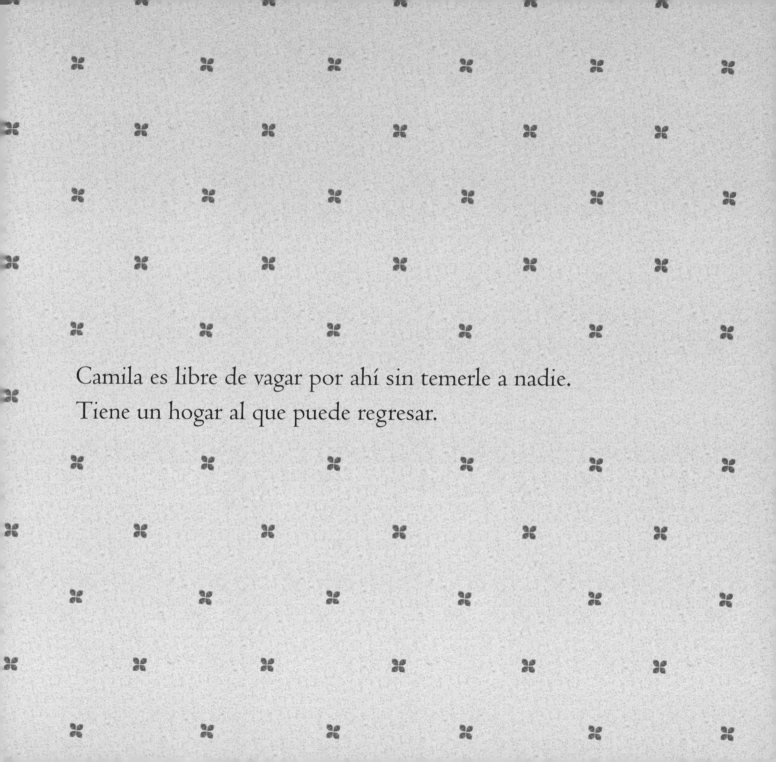

Camila es libre de vagar por ahí sin temerle a nadie.
Tiene un hogar al que puede regresar.

Y allí siempre estará su mamá para recibirla.

Entonces, se sentará en su falda para que le acaricie el lomo, mientras pasan la tarde juntas. Como lo hace una gatita con su dueña.